EL BARCO
DE VAPOR

Misión para encontrar a Max

Misión Egipto

Elizabeth Singer Hunt

Ilustraciones de Brian Williamson
Traducción de Alejandra Freund

LITERATURA**SM**•COM

Primera edición: septiembre de 2016

Gerencia editorial: Gabriel Brandariz
Coordinación editorial: Carla Balzaretti
Coordinación gráfica: Lara Peces

Título original: *Secret Agent Jack Stalwart:*
  The Mission to Find Max: Egypt
Traducción del inglés: Alejandra Freund

© del texto: Elizabeth Singer Hunt, 2011
© de las ilustraciones: Brian Williamson, 2011
© Ediciones SM, 2016
  Impresores, 2
  Parque Empresarial Prado del Espino
  28660 Boadilla del Monte (Madrid)
  www.grupo-sm.com

ATENCIÓN AL CLIENTE
Tel.: 902 121 323 / 912 080 403
e-mail: clientes@grupo-sm.com

ISBN: 978-84-675-9038-8
Depósito legal: M-28330-2016
Impreso en la UE / *Printed in EU*

Cualquier forma de reproducción, distribución,
comunicación pública o transformación de esta obra
solo puede ser realizada con la autorización de sus titulares,
salvo excepción prevista por la ley. Diríjase a CEDRO
(Centro Español de Derechos Reprográficos, www.cedro.org)
si necesita fotocopiar o escanear algún fragmento de esta obra.

*Para todos los niños
que llevan esperando pacientemente
este desenlace.*

MAPAMUNDI

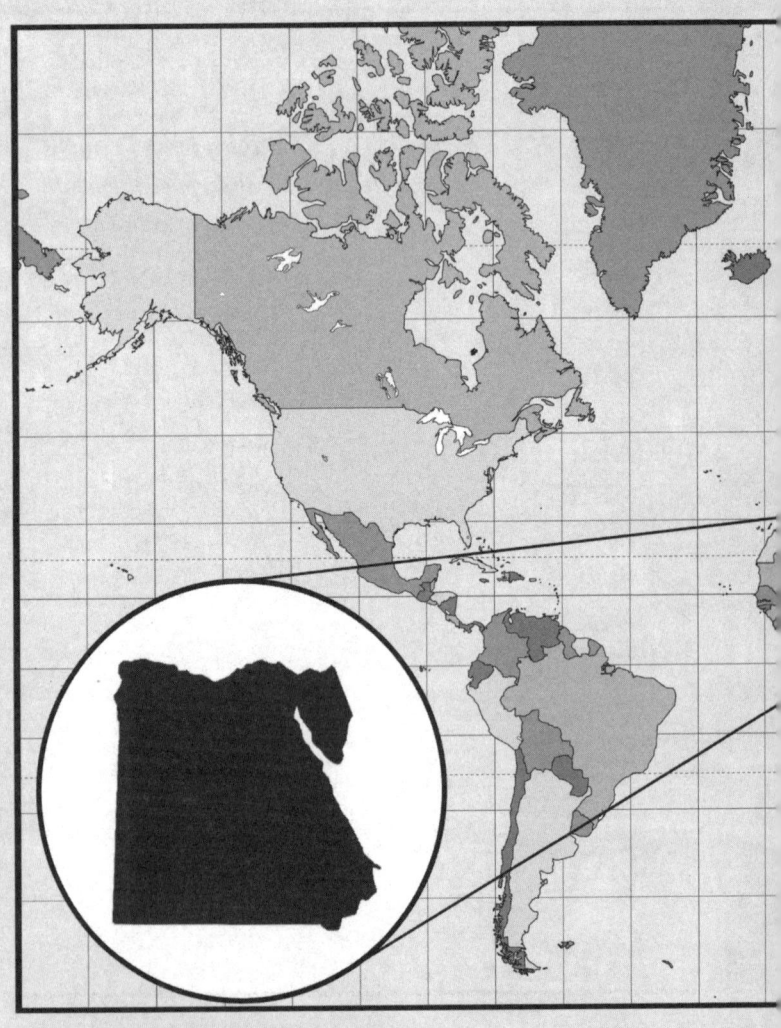

Destino:
EGIPTO

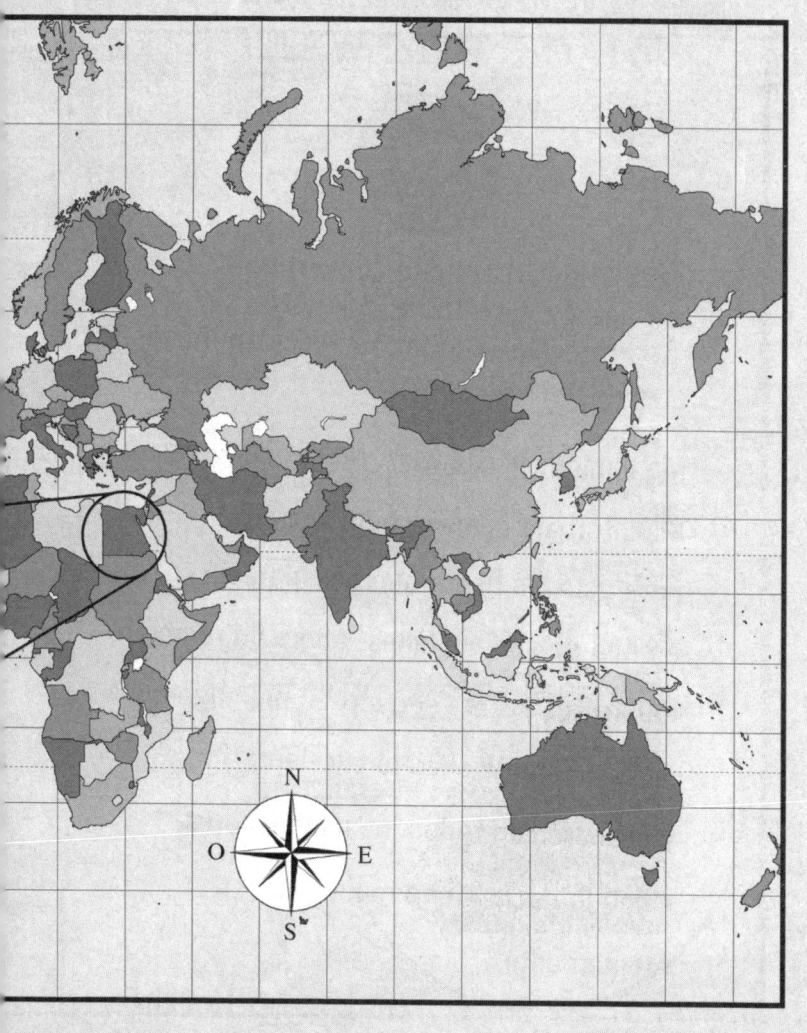

INFORME DE LA FUERZA DE PROTECCIÓN GLOBAL SOBRE
JACK STALWART

Jack Stalwart solicitó convertirse en agente secreto de la Fuerza de Protección Global hace cuatro meses.

Me llamo Jack Stalwart. Mi hermano mayor, Max, trabajó como agente secreto para ustedes hasta que desapareció en una de sus misiones. Ahora yo también quiero ser agente secreto. Si me eligen, seré un agente secreto excelente y acabaré con todos los malhechores, como lo hacía mi hermano.

Atentamente,

Jack Stalwart

ARCHIVO DE LA FUERZA DE PROTECCIÓN GLOBAL
ALTO SECRETO

Jack Stalwart empezó a trabajar
para la Fuerza de Protección Global
hace cuatro meses. Desde entonces,
ha llevado a cabo con éxito
todas sus misiones y ha conseguido
arrestar a doce terribles malhechores.
Por eso se le ha asignado
el nombre en código de VALIENTE.

Jack aún no sabe dónde está su hermano,
Max, que sigue trabajando para nosotros
en un lugar secreto. Y no debe saberlo
nunca. Bajo ningún concepto debe decírsele
dónde está su hermano.

Gerald Barter

Gerald Barter
Director de la Fuerza de Protección Global

COSAS QUE VAS A ENCONTRAR EN TODOS LOS LIBROS

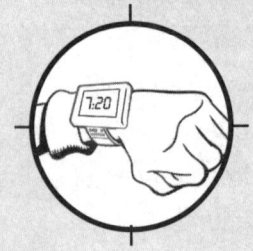

Reloj Teléfono: Es el único aparato que Jack lleva siempre, incluso cuando no está de servicio. Es esencial porque hace funcionar a los otros aparatos. Tiene funciones muy importantes, como el botón C, que le proporciona el código diario, imprescindible para abrir la Mochila de Agente Secreto de Jack. Además, de uno de los botones de los lados sale el bolígrafo de tinta de fusión, que puede salvarle la vida en determinadas situaciones. El reloj tiene incorporado un teléfono y, por supuesto, también da la hora.

Fuerza de Protección Global: La FPG es la organización para la que trabaja Jack. Es una fuerza internacional de jóvenes agentes secretos cuyo objetivo es proteger el mundo, sus habitantes, sus espacios y sus pertenencias. Nadie sabe a ciencia cierta dónde está su cuartel general (todo el correo y los aparatos para reparar se envían a un apartado de correos y el entrenamiento se hace en distintos lugares del mundo), aunque Jack cree que se encuentra en algún lugar muy frío, como el círculo polar.

Whizzy: Es la bola del mundo mágica de Jack. Casi todas las noches, exactamente a las 19:30, la FPG se sirve de Whizzy para indicarle a Jack el país al que debe viajar. Aunque Whizzy no puede hablar, puede estornudar mensajes. Los padres de Jack piensan que Whizzy es una bola del mundo normal.

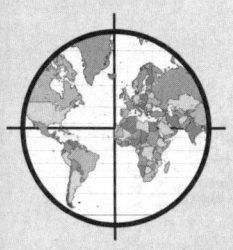

El Mapa Mágico: El Mapa Mágico está colgado en la pared de la habitación de Jack. A diferencia de la mayoría de los mapas, está hecho con una madera misteriosa y, cuando Jack introduce el trozo de país que le ha dado Whizzy, el mapa se traga a Jack enterito y lo envía a su misión. Cuando regresa, ha pasado exactamente un minuto.

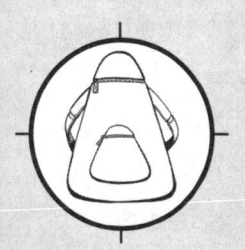

La Mochila de Agente Secreto: Es la mochila que lleva Jack en todas sus aventuras. Es exclusiva para los agentes de la FPG y contiene todos los aparatos secretos para atrapar a los malos y escapar de una muerte segura. Para activar la mochila antes de cada misión, Jack tiene que introducir el código secreto que le da su Reloj Teléfono. Después, solo tiene que poner el dedo en la cremallera, y entonces la mochila lo identifica como su dueño y se abre inmediatamente.

LA FAMILIA STALWART

John, el padre de Jack
Se trasladó a Gran Bretaña cuando Jack tenía dos años para trabajar en una compañía aeroespacial. Todo lo que sabe Jack es que su padre diseña y construye componentes de aviones. John cree que su hijo es un chico normal y que Max, el mayor, está estudiando en una escuela en Suiza. El padre de Jack es americano y su madre es inglesa, por lo que Jack es un poco mitad y mitad.

Corinne, la madre de Jack
Para Jack, es una de las mejores madres del mundo. Cuando ella y su marido recibieron una carta de una escuela suiza en la que invitaban a Max a estudiar allí, se pusieron muy contentos. Desde que Max se fue hace seis meses, han recibido varias cartas escritas con la letra de Max diciéndoles que estaba bien. Pero no saben que todo es mentira y que es la FPG la que se las está enviando.

Max, el hermano mayor de Jack

Hace dos años, cuando tenía nueve, Max empezó a trabajar con la FPG. Max le contaba a Jack todas sus aventuras y le enseñó el funcionamiento de todos los aparatos de agente secreto. Cuando la familia recibió una carta en la que invitaban a Max a ir a una escuela en Suiza, Jack pensó que aquello tenía que ver con la FPG. Max le dijo que tenía razón, pero que no podía contarle nada acerca de su misión.

Jack Stalwart

Hace cuatro meses, Jack recibió una nota anónima que decía lo siguiente: «Tu hermano está en peligro, solo tú puedes salvarlo». Tan pronto como pudo, Jack se presentó para ser agente secreto. Desde entonces, Jack, de tan solo nueve años, se ha enfrentado a algunos de los malhechores más peligrosos del mundo, y espera encontrar y salvar a su hermano Max algún día, en alguno de sus viajes.

DESTINO: *Egipto*

Egipto es una de las civilizaciones más antiguas del mundo. Se fundó alrededor del año 3150 a.C., cuando el faraón Menes unificó el Alto y el Bajo Egipto.

•

El Cairo es la capital de Egipto. Está situada junto al Nilo, el río más largo del mundo.

•

Los habitantes de Egipto hablan árabe, aunque algunos también hablan inglés y francés.

Las pirámides de Guiza, la Esfinge y las tumbas del Valle de los Reyes son algunos de los monumentos más famosos de Egipto.

•

Los egipcios del antiguo Egipto escribían sobre un material parecido al papel llamado «papiro», que se elaboraba con la planta del papiro.

FRASES ÚTILES
PARA UN AGENTE SECRETO EN EGIPTO

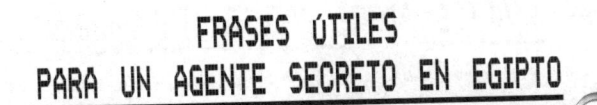

Hola
Marhaban
(pronunciado mar-já-ban)

¿Cómo te llamas?
¿Masmuk?
(pronunciado mas-múk)

Mi nombre es...
Ismi (pronunciado ís-mi)

Gracias
Shukran
(pronunciado chú-kran)

Adiós
Ma-a salama
(pronunciado ma-á sála-ma)

DATOS SOBRE EGIPTO: TUTANKAMÓN

El nombre real de Tutankamón
era Tutanjatón, pero más tarde
lo cambió por Tutankamón.
Nació en el año 1341 a.C.

Tutankamón perteneció a la decimoctava
dinastía que gobernó el país.

Tutankamón se convirtió en faraón
a los ocho o nueve años de edad.
Murió con dieciocho.

DATOS SOBRE EGIPTO: TUTANKAMÓN

El padre de Tutankamón, Akenatón, intentó cambiar la religión egipcia para que la gente adorara a un solo dios: Atón, el disco solar. Cuando Tutankamón heredó el trono, permitió que el pueblo volviera a venerar a muchos dioses, lo cual le hizo muy popular entre sus súbditos.

Nadie sabe exactamente de qué murió Tutankamón, pero los científicos creen que pudo ser debido a una infección por una pierna fracturada.

El rey Tutankamón es una de las «momias» más famosas del mundo. En 1922, un arqueólogo llamado Howard Carter descubrió su tumba, casi intacta.

EL VALLE DE LOS REYES

Entre los siglos XVI y XI a.C., el Valle de los Reyes fue el lugar donde se enterraba a los reyes y la nobleza de Egipto.

El valle se encuentra en la orilla occidental del Nilo, frente a la ancestral ciudad de Tebas, que ahora se llama Luxor.

Hay más de sesenta tumbas y cientos de salas. Solo veinte reyes fueron enterrados allí; el resto de las tumbas pertenecen a miembros de la nobleza.

El primer faraón en ser enterrado allí fue Tutmosis I. El último fue Ramsés XI.

CÓMO SE PREPARABAN LAS MOMIAS

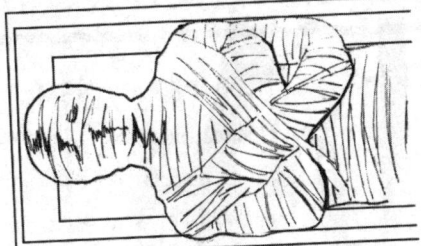

En el antiguo Egipto se preservaban los cuerpos de las personas importantes para que sus almas pudieran reconocerlos más adelante.

La persona que preparaba el cuerpo para su preservación era el «embalsamador». Este lavaba el cuerpo en las aguas del Nilo y sacaba todos los órganos, que se guardaban en «vasos canopes». Para desecar el cuerpo se usaba un mineral llamado natrón.

Después, se rellenaba con telas empapadas de resina. Se le aplicaba maquillaje, se le ponía una peluca y se le perfumaba con aceites, como la mirra. Y después se cubría todo con resina de pino.

Por último, el embalsamador envolvía el cuerpo en paños de lino. Se enterraba a la momia junto con varios amuletos, una máscara, una inscripción que la identificaba y una copia del *Libro de los Muertos*.

MANUAL DE INSTRUCCIONES DE LOS DISPOSITIVOS DE LA FPG

Disparador Láser:

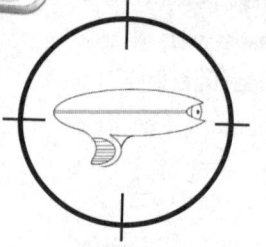

El Disparador Láser de la FPG es un arma manual que emite una potente luz blanca capaz de cortar casi cualquier material. Es perfecto cuando necesitas abrir rápidamente un agujero, encender un fuego o cortar algo duro.

Mapa Compañero:

Cuando estés perdido o tengas que llegar rápidamente a algún lado, emplea el Mapa Compañero de la FPG. Este ingenioso aparato recibe señales de los satélites que hay en el espacio, para mostrarte un mapa de cualquier país o ciudad del mundo. También te muestra cómo llegar de un sitio a otro gracias a las flechas direccionales que aparecen en la pantalla.

Barca de Cola Larga:

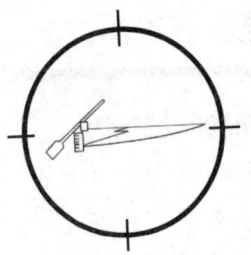

Esta barca es perfecta cuando necesitas recorrer largas distancias sobre el agua. Está diseñada siguiendo el modelo de las embarcaciones del sureste asiático, que emplean una larga pértiga en el extremo posterior para dirigir el barco. Puede alcanzar los 80 kilómetros por hora. Cuando colocas en el agua la versión de juguete, se transforma en el vehículo de tamaño real. En cuanto desembarcas, vuelve a convertirse en un juguete.

Vapores de Liberación Prolongada:

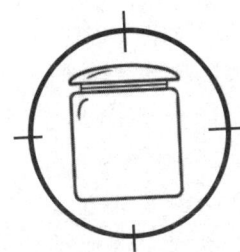

Si otro agente secreto o contacto de confianza ha perdido el conocimiento, emplea los Vapores de Liberación Prolongada para que vuelva en sí. Solo tienes que abrir el tubo, ponerte un poco de crema en el dedo y pasarlo por debajo de la nariz del agente. Los vapores hacen efecto en cuestión de segundos.

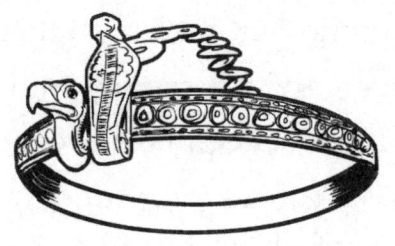

1
LA BÚSQUEDA DEL TESORO

ERA VIERNES POR LA TARDE y Jack Stalwart se encontraba, con su clase, a la entrada del Museo Británico, en Londres. Este museo tenía más de un millón de objetos del mundo antiguo, y la entrada era gratuita. El colegio había traído a Jack y a sus compañeros para que estudiaran los tesoros. El responsable del grupo era el profesor de Historia, el señor Marshall.

–Atención todo el mundo –dijo el señor Marshall mientras repartía trozos de papel

entre los alumnos–. El director del museo nos ha preparado una búsqueda del tesoro.

Los alumnos vitorearon y aplaudieron.

–Vamos a dividiros en seis equipos –continuó–. El primer equipo que encuentre los trece objetos ganará un premio.

El señor Marshall dividió la clase en grupos de tres. A Jack le juntó con dos de los alumnos más inteligentes, sus dos mejores amigos: Richard y Charlie.

—¡Vamos a ganar! –dijo Richard.

—Sí –repuso Charlie–. Los demás no tienen ninguna posibilidad.

El señor Marshall miró el reloj.

—La misión empieza –dijo, y esperó a que la manilla pasara las doce–... ¡ahora!

Jack, Richard y Charlie leyeron rápidamente la primera pista que ponía en el papel.

En la sala 4 se encuentra una valiosa clave para descifrar los jeroglíficos egipcios. ¿Cómo se llama?

—Ya lo sé –murmuró Charlie para que los demás equipos no le oyeran–. Se llama Piedra Rosetta.

Como ya no tenían que ir a la sala 4, consiguieron ganar algo de tiempo. Jack anotó la respuesta en el espacio junto a la pregunta. Pero la segunda pista era mucho más difícil.

¿Qué isla es famosa por sus estatuas de piedra, llamadas «moáis»? Encontraréis la respuesta en la sala 24.

Jack, Richard y Charlie se miraron entre ellos: ninguno sabía la respuesta. Según el mapa, la sala 24 estaba al final del pasillo que tenían delante, junto a la tienda de libros. Echaron una carrera hasta allí y, cuando entraron, vieron una enorme estatua con la cara de un hombre. Debajo había un cartel que decía:

HOA HAKANANAI'A
ESTATUA DE LA ISLA DE PASCUA

Richard apuntó el nombre «Pascua» en el espacio en blanco junto a la pregunta dos. Charlie leyó en voz alta la pregunta tres:

–*En el año 31 a.C., este emperador romano conquistó Egipto. ¿De quién se trata? Visita la sala 70 para descubrirlo.*

Por desgracia, Jack no sabía casi nada de la historia de Grecia y de Roma. La división juvenil anticrimen para la que trabajaba, la FPG, le había enseñado muchas cosas, pero la mayoría eran habilidades prácticas como, por ejemplo, hacer frente a un criminal que te está atacando con un bolígrafo envenenado.

Se encogió de hombros y subió por las escaleras que llevaban al piso de arriba.

Cuando entraron en la sala 70, se encontraron en la sección del Imperio romano. En mitad de la sala, colocado en un pedestal, había un busto de mármol de un hombre con ojos de cristal. Debajo estaba escrito:

AUGUSTO, QUE DERROTÓ A MARCO ANTONIO Y CLEOPATRA, Y CONQUISTÓ EGIPTO PARA EL IMPERIO ROMANO.

—¡Es este! —dijo Richard mientras anotaba el nombre de «Augusto»

Los chicos siguieron recorriendo el museo para encontrar las respuestas a las nueve preguntas restantes. Tardaron casi cuarenta y cinco minutos, pero por fin llegaron a la pregunta trece.

Durante la momificación, los embalsamadores del antiguo Egipto colocaban los órganos del muerto en vasos canopes. ¿Cómo se llama el vaso que estaba adornado con una cabeza de babuino? Encontraréis la respuesta en la sala 62.

Los chicos tenían que darse prisa. En las proximidades había, al menos, otros cuatro grupos que también estaban a punto de acabar la búsqueda del tesoro.

Jack, Richard y Charlie corrieron por las escaleras para llegar al tercer piso. Jadeantes, buscaron desesperados la respuesta a la pregunta. Pero, a simple vista, no estaba por ningún lado.

–Vamos a separarnos. Yo miraré por allí –dijo Charlie, y señaló a una sucesión de vitrinas–. Vosotros dos buscad al otro lado de la sala.

Se dispersaron. De repente, Jack se encontró ensimismado mirando los tesoros de las tumbas de los reyes egipcios. Uno de ellos era la silla dorada de la tumba del faraón Tutankamón.

Se le puso la piel de gallina con solo leer el nombre.

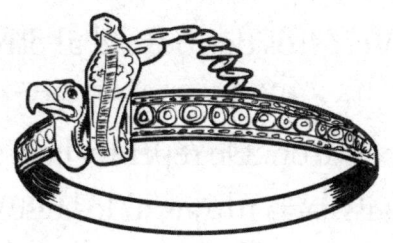

2
LA DIADEMA

Hacía algunos meses, Jack había recibido un mensaje en el que le avisaban de que su hermano Max estaba en peligro, y solo él podía salvarle.

En cuanto recibió la nota, Jack se unió a la organización de agentes secretos para la que trabajaba su hermano, la Fuerza de Protección Global (o FPG), y empezó a buscar pistas acerca de la desaparición de Max.

La FPG se había negado a ayudarle, pero durante sus dos últimas misiones había ob-

tenido pistas que indicaban que Max se encontraba en algún lugar de Egipto. Además, su hermano también le había mandado una nota, escrita a máquina y en un código secreto que Jack había descifrado, que solo contenía las palabras «Tebas» y «Totankamón».

Jack sabía que Tebas era el nombre antiguo que tenía la ciudad de Luxor, en Egipto, y que Tutankamón fue el famoso niño rey que había gobernado Egipto entre los años 1333 y 1324 a.C.

Pero el chico no entendía por qué su hermano había escrito el nombre del faraón con una «o», en vez de con la habitual «u». Ni por qué había usado una máquina de escribir antigua en vez de un ordenador. Además, ¿qué se le había perdido a Max en Egipto?

Fuera lo que fuera, Jack supuso que la misión de Max sería muy importante. Después de todo, la FPG se había inventado un colegio en Suiza, donde supuestamente estaba estudiando su hermano. En toda la historia de la FPG, tan solo tres agentes, incluyendo a Max, habían tenido que permanecer alejados de sus familias durante un largo periodo de tiempo.

Mary Biden había sido enviada a la selva amazónica, para que viviera con los nativos e investigara a unas avariciosas compañías petrolíferas que estaban envenenando el agua y haciendo enfermar a los habitantes de las aldeas.  Al cabo de dos meses, la información que obtuvo sirvió para celebrar un juicio, cuyo veredicto había obligado a las compañías a cerrar.

Jeremy Bradford había sido enviado al Triángulo de las Bermudas para encontrar los barcos desapareci-

dos. Seguramente seguía allí, porque nadie había vuelto a saber nada de él.

Los demás no habían tenido que marcharse por mucho tiempo. La FPG podía enviarlos a una misión y lograr que volvieran a casa tan solo un minuto después. Viajar en el tiempo era una manera de mantener contentos a los niños y no despertar sospechas entre los padres.

En cuanto Max se marchó al «colegio», la FPG comenzó a mandar cartas de Max a sus padres. La letra parecía ser la de su hermano, pero Jack sabía que Louise Persnall, la secretaria del director de la FPG, las había escrito imitando la letra de su hermano. Lo había descubierto al utilizar el Identificador de Firmas en una de las cartas. Este artilugio utilizaba una base de datos mundial de muestras de caligrafía. También lo había usado para confirmar que la nota en código secreto provenía realmente de Max.

Mientras observaba la silla de Tutankamón, allí en la vitrina, Jack pensó que la misión de su hermano quizá tenía algo que ver con los tesoros del faraón. A lo mejor Max estaba protegiendo al mismísimo Tutankamón. «Eso sí que es una misión importante», pensó Jack.

Por desgracia, la única manera de conseguir respuestas definitivas era yendo él mismo a Egipto. Pero no podía montarse, sin más, en un avión. No tenía suficiente dinero para pagarse un billete, y si se marchaba de casa iba a dar un susto de muerte a sus padres.

Así pues, no le quedaba más remedio que esperar hasta que un golpe de suerte lo llevara a destino.

En ese momento, una voz interrumpió sus pensamientos.

–¿Has encontrado algo? –preguntó Richard.

–No –dijo Jack–, aún nada.

–Yo tampoco –añadió Charlie desde el otro lado de la sala.

Jack volvió junto a la vitrina que contenía la silla. Al lado había otra vitrina en la que se exponían cuatro pequeños jarrones. Se acercó y leyó el cartel:

> **EL VASO CANOPE DEL DIOS
> CON CABEZA DE BABUINO SE DENOMINA HAPI,
> Y CONTABA CON LA PROTECCIÓN
> DE LA DIOSA NEFTIS.**

–¡He encontrado algo! ¡Aquí! –exclamó Jack señalando una de las vasijas.

Richard y Charlie corrieron a su lado.

–¡Genial! –dijo Charlie dando una palmada a Jack en la espalda, y anotó la respuesta: «Hapi»–. Lo has conseguido. Vamos a seguir.

Richard y Charlie echaron a correr, junto con otro grupo que también salía a toda prisa de la sala. Jack se volvió para ir con ellos, pero algo a su derecha le llamó la atención.

En la pared había una foto de una corona con un buitre y una cobra en la parte superior. Debajo había un cartel que explicaba su historia.

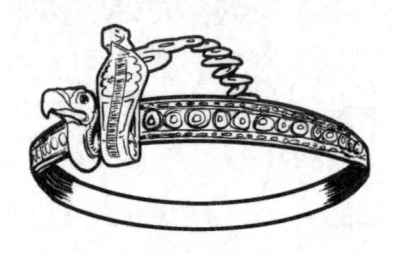

El misterio de la diadema del rey Tutankamón

Tutankamón fue un poderoso e influyente faraón egipcio. Muchos le veneraban como si se tratara de un dios. En muchas ocasiones, el joven faraón llevaba joyas y amuletos que le protegían y que daban testimonio de su poder. El más importante era la diadema o corona. De hecho, era tan valiosa que lo enterraron con ella.

Cuando el arqueólogo Howard Carter descubrió la tumba de Tutankamón en 1922, se

> llevó la diadema. Pero, al cabo de pocos días, denunció que había desaparecido. Se sospechó que la había robado uno de los ayudantes de Carter, Omar Massri. No obstante, nunca se pudo demostrar.
>
> A principios de este año, la diadema reapareció, y Rachel Newington fue la arqueóloga encargada de custodiarla. Pero poco después volvió a desaparecer. El paradero actual de la diadema de Tutankamón es uno de los mayores misterios del antiguo Egipto.

Jack terminó de leer el cartel y se quedó asombrado. Rachel Newington era el nombre de una señora a la que había conocido durante una misión en Camboya. Un hombre con dientes de oro había raptado a la señora Newington para obtener el poder de un colgante ancestral. Jack había ayudado a su hija, Kate, a localizar a Rachel y evitar que el hombre se llevara el colgante, que era muy importante para el pueblo camboyano.

Después de que el muchacho le salvara la vida, Rachel le había dado una pista acerca del paradero de su hermano: Max había estado ayudando a proteger algo en Egipto, pero un día el objeto y el joven custodio habían desaparecido. Luego, Rachel había sido enviada a Camboya, por lo que no volvió a saber nada del caso.

Después de leer aquello, Jack estaba seguro de que su hermano había estado protegiendo la diadema. Al fin y al cabo, ambas historias coincidían. Además, era el tipo de trabajo que la FPG encargaba a sus agentes.

–Jack –dijo una voz detrás de él–. El señor Marshall quiere que todo el mundo se reúna abajo.

Era uno de los padres acompañantes.

–De acuerdo.

Jack bajó corriendo las escaleras que llevaban a la entrada principal. Cuando llegó, vio que otro equipo estaba celebrando la victoria, cuyo premio era un libro de aspecto valioso. Richard y Charlie lo recibieron con una mirada de resentimiento.

–Por lo que veo, no hemos ganado –dijo Jack acercándose a sus amigos.

–Ha sido por tu culpa –respondió Richard, desanimado–. El señor Marshall ha dicho que tenía que regresar todo el equipo. Si hubieras estado aquí, habríamos ganado.

–Lo siento –dijo Jack–. Me distraje con una cosa.

Charlie y Richard se alejaron, enfadados.

Un segundo después, Richard lo miró por encima del hombro y exclamó:

–Espero que mereciera la pena...

–Sí que mereció la pena –murmuró Jack para sus adentros.

3
El halcón real

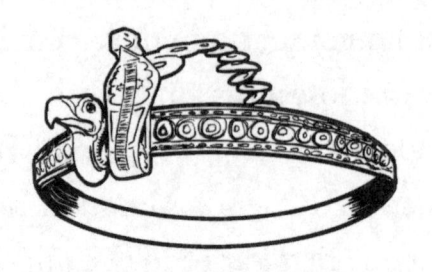

Richard, Charlie y el resto de la clase fueron hacia el patio exterior, donde el señor Marshall estaba organizando a los niños y a los padres acompañantes.

–¡Venid aquí, todo el mundo! –dijo–. El bus nos recoge en dos minutos.

Mientras Jack caminaba hacia ellos, vio un grupo de gente a su derecha. Estaban parados ante un gran roble, señalando a una de las ramas. Jack miró hacia arriba y vio una magnífica ave rapaz posada sobre la rama. Puesto que aún le quedaba un poco de tiempo, se acercó al árbol y se detuvo a escuchar los comentarios de la gente.

–En todos los años que llevo observando aves –dijo un señor mayor–, nunca he visto ninguna parecida.

–Es precioso... –observó una señora–. ¿Qué cree que es?

–Algún tipo de halcón –repuso el señor.

Desde luego, era inusual. La cabeza era de un color azul oscuro, las alas verdes y el pecho blanco. Mientras Jack lo observaba, el pájaro giró de pronto la cabeza y le clavó sus penetrantes ojos.

El señor mayor dio un empujoncito a Jack.

–Parece que le has caído bien –dijo.

–Sí... –respondió Jack, algo incómodo, pensando en que por algo se las llamaba «aves de presa».

Con la mirada todavía puesta en Jack, el ave extendió las alas y echó a volar. Se elevó a gran altura y después empezó a planear en círculos sobre el patio. Algunas personas gritaron, admiradas.

Entonces, de pronto, el halcón cambió de dirección y descendió en picado hacia donde estaban ellos, con los talones extendidos hacia delante. ¡Iba a cazar algo!

–¡Agachaos! –gritó Jack–. ¡Cubríos el cuello!

Presa del pánico, la gente se echó al suelo y se cubrió la cabeza con las manos. Al instante, algo afilado arañó los dedos de Jack.

Él miró por el rabillo del ojo y vio al halcón elevándose de nuevo, dando la vuelta para hacer otro intento.

Entonces el chico, sin dudarlo, cogió un par de piedras que estaban en una maceta cercana. Cuando el halcón volvió a descender en picado, se levantó y empezó a tirárselas. La mayoría no dieron en el blanco, pero una de ellas le golpeó en el pecho. El halcón soltó un chillido de enfado, se alejó y salió volando hacia el sur.

Jack y los demás esperaron a que volviera, pero había desaparecido en la distancia. Todo el mundo se tranquilizó y se levantó.

–¡Casi te arranca la cabeza! –dijo el señor mayor–. Deberías ir al médico para que te cure eso.

El hombre señaló los dedos de Jack, que estaban llenos de rasguños y sangraban. El chico había estado tan concentrado en librarse del pájaro que ni se había dado cuenta de que estaba herido.

–¡Ostras, Jack! –le dijo Richard–. Ese pájaro casi te agarra. Lo he visto con mis propios ojos.

Una de las madres acompañantes corrió con un botiquín de primeros auxilios. Sin perder tiempo, se acercó a Jack y le envolvió los dedos en gasa estéril.

–Cuando lleguemos al colegio tienes que ir a ver a la enfermera –dijo.

–¡Niños, deprisa! –exclamó el señor Marshall guiando a los alumnos hacia el autobús–. Vamos a ponernos en marcha antes de que vuelva el halcón enfadado.

Aún en estado de shock, Jack se subió al autobús y se sentó en su asiento. Richard y Charlie estaban comentando lo que habían visto en el patio.

–¡¿Le viste el pico?! –dijo Charlie–. ¡Era enorme!

–¡Estuvo así de cerca de llevarse a Jack volando! –respondió Richard indicando con los dedos una distancia de pocos centímetros.

Jack no estaba tan seguro de aquello, pero tenía algo muy claro: el pájaro le había elegido a él. Pero ¿por qué?

Se convenció a sí mismo de que la respuesta no importaba. Después de todo, ahora estaba en el bus, a salvo. No iba a volver a ver ese pájaro nunca más. O, por lo menos, eso esperaba.

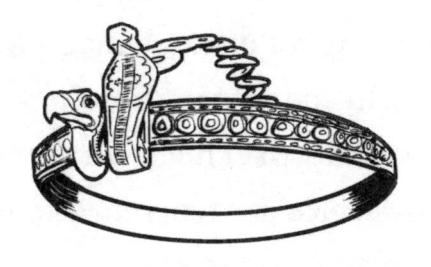

4
La pista de Penny

Comparado con ser atacado por un pájaro, el resto del día fue relativamente tranquilo. Jack llegó a casa a las tres y media, jugó a un par de videojuegos, cenó y a las siete y veinte volvió a su cuarto. Cuando llegó, colocó algunos trozos de la Cinta Reparadora de la FPG sobre las heridas y se quedó observando el reloj, que daba las siete y media. Whizzy, su globo terráqueo en miniatura, seguía dormido y roncaba plácidamente sobre la mesilla de noche.

Cuando la FPG tenía una misión para Jack, Whizzy se despertaba a las siete y media y escupía una pieza de un rompecabezas que tenía la forma de un país. Entonces, Jack colocaba esa pieza en el lugar correspondiente del Mapa Mágico que tenía en la pared, y este le transportaba a su destino.

Puesto que eran las 19:32 y Whizzy seguía dormido, Jack estaba seguro de que no iba a tener ninguna misión esa noche. Fue a la mesa y abrió un cajón. Metió la mano, dio unos golpecitos en la parte inferior y abrió el escondite secreto. Sacó unos papeles que parecían importantes.

Los extendió sobre la cama. El primero era la nota original que había recibido hacía muchos meses y que le avisaba de que Max se encontraba en peligro. El segundo era un ejemplo de una de las cartas falsificadas, escrita en realidad por Louise Persnall. El último era la nota codificada redactada por el propio Max.

Mientras observaba las cartas, algo le llamó la atención. El Identificador de Firmas había sido creado después de que comenzaran a llegar a casa cartas de Max. ¡Eso significaba que nunca había comprobado la identidad de la persona que había escrito la primera nota! Jack sacudió la cabeza, frustrado. No se podía creer lo descuidado que había sido.

Tocó rápidamente la pantalla del Reloj Teléfono y pidió el código del día. En cuanto apareció la palabra FÚTBOL, Jack la introdujo en el candado de su Mochila y la abrió.

Sacó el Identificador de Firmas y lo pasó por encima de la carta. Unos segundos después, el nombre de «Penny Powell» apareció en pantalla. Jack no conocía a nadie llamado Penny, de modo que pidió más información al Identificador de Firmas. Cuando descubrió para quién trabajaba Penny, se quedó asombrado.

PENNY POWELL
SEDE DE LA FPG

Penny trabajaba para la FPG. ¡La misma organización a la que pertenecían él y su hermano! A lo mejor Penny tenía más detalles sobre Max. Mejor incluso: existía la posibilidad de que pudiera ayudar a Jack a llegar a Egipto.

Revisando el Reloj Teléfono, Jack encontró el número de Penny en el directorio de empleados de la FPG y lo marcó. El Reloj Teléfono crujió un poco. En la pantalla apareció la imagen de una mujer. Era joven, seguramente tendría cerca de veinte años, y parecía bastante nerviosa.

–Soy el Agente Secreto Valiente –dijo Jack–. ¿Eres Penny?

–Sí. Llevo meses esperando que me llames –respondió ella, y miró por encima del hombro–. No tengo mucho tiempo.

–¿Qué sabes acerca de Max? –preguntó Jack.

–Yo solía trabajar para el director Barter –dijo la chica– antes de que llegara Louise. Un día encontré un archivo que hablaba sobre tu hermano, y vi que se encontraba en peligro.

–¿Qué clase de peligro? –inquirió Jack.

–Alguien estaba buscándolo –dijo Penny, y volvió a mirar por encima del hombro; después se giró de nuevo hacia la pantalla y se acercó más–. Le dije al director que debíamos sacarle del caso. Que se estaba volviendo demasiado peligroso para él.

–¿Y qué te respondió? –preguntó Jack.

–Nada –respondió Penny–. Me ignoró. Al poco tiempo me asignaron un trabajo distinto, con otra persona.

El corazón de Jack estaba empezando a latir con fuerza. Si Penny estaba diciendo la verdad, entonces Max se encontraba completamente solo. Jack era su última esperanza.

–¿Me puedes ayudar a llegar a Egipto? –preguntó.

Se oyó un ruido detrás de Penny.

–Viene alguien –dijo ella con preocupación–. Veré qué puedo hacer.

Antes de que Jack pudiera responder, la imagen había desaparecido de la pantalla.

Unos minutos después, Whizzy se despertó, guiñó un ojo y empezó a dar vueltas. Escupió una pieza de puzle y Jack la fue a recoger. En cuanto vio la forma, se dio cuenta de que Penny había logrado ayudarle.

Colocó la pieza en el mapa y esperó a que apareciera el nombre de «Egipto». Sacó la Mochila de debajo de la cama y corrió de nuevo al mapa. La luz dentro de Egipto era cada vez más fuerte.

Jack cerró los ojos y rezó en silencio para que todo saliera bien. Cuando llegó el momento, exclamó:

–¡Vamos a Egipto!

Entonces se produjo un estallido de luz que le introdujo en el Mapa Mágico.

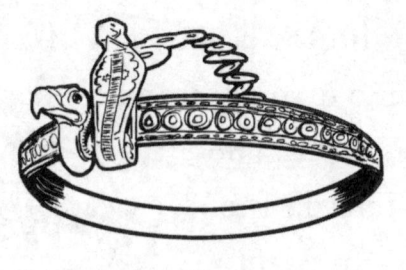

5
Habla el director del museo

Segundos después, Jack se encontró en medio de un polvoriento y bullicioso mercadillo. Las tiendas vendían todo lo que uno se pudiera imaginar: cerámica, café, cacerolas de cobre, vestidos y camisetas con la imagen de Tutankamón. Un carro tirado por un burro marchaba delante de una fila de taxis.

Normalmente, cuando el chico llegaba al sitio, lo esperaba un contacto de la FPG, alguien que estaba al mando de la operación en el terreno. Pero esta vez no había nadie.

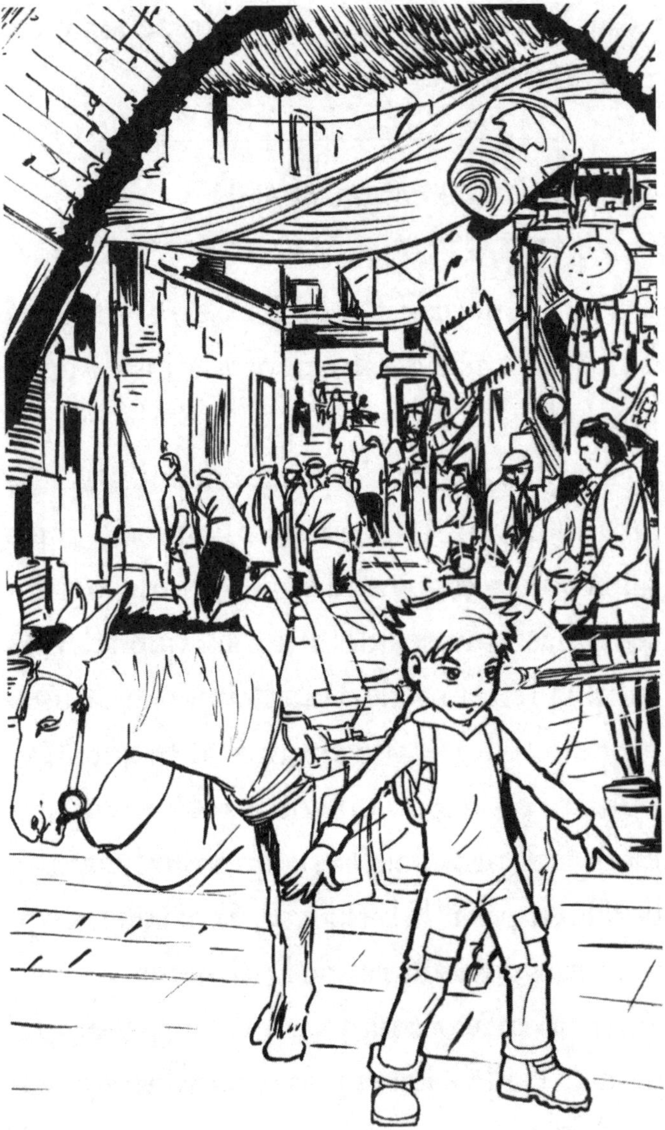

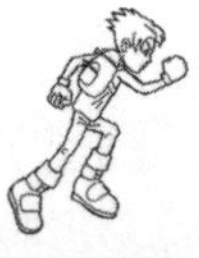

Jack echó un vistazo a su alrededor y vio un cartel que decía:

> KHAN AL KHALILI

Era el mercadillo de El Cairo, un gran bazar con más de setecientos años de antigüedad.

Ahora ya sabía dónde se encontraba. Estaba en El Cairo, la capital de Egipto. El chico sabía que en esa ciudad estaba uno de los museos más famosos del mundo, que además exhibía reliquias de Tutankamón: el Museo Egipcio. Puesto que era probable que Max hubiera protegido uno de los tesoros del faraón, Jack pensó que sería un buen lugar por donde empezar la búsqueda. Tenía que investigar más cosas acerca de la diadema.

Abrió su Mochila y sacó el Mapa Compañero de la FPG. Este mapa era un aparato manual que funcionaba con navegación GPS para mostrar cómo llegar del punto A al punto B. Esperó a que el sistema recibiera su señal y después lo activó para que le guiara hasta el Museo Egipcio.

En un abrir y cerrar de ojos, el Mapa Compañero había calculado la ruta. El museo estaba a tan solo diez minutos de camino. Jack siguió las flechas, dirigiéndose al suroeste por las ruidosas calles. Sobre su cabeza se extendían cuerdas con ropa tendida.

A su paso vio vendedores que ofrecían fruta y especias, y hombres tocando instrumentos de viento junto a unas cestas en las que varias cobras se movían al ritmo de la música.

Y llegó al Nilo, uno de los ríos más famosos del mundo. Allí, junto a la orilla, se erguía un enorme edificio rosa: el Museo Egipcio.

El chico pasó por delante de una reproducción de la Esfinge que había junto a la puerta y entró en el gran vestíbulo. Cogió un mapa del centro en el punto de información y encontró lo que estaba buscando: la oficina del director.

El director era el jefe del museo, y si había alguien que le pudiera facilitar información sobre la diadema, tenía que ser él.

Jack recorrió los estrechos pasillos hasta que llegó a una puerta al final. De ella colgaba una placa que decía: ALI HASSAN, DIRECTOR. Entonces llamó. Un hombre respondió en inglés:

–Adelante –dijo.

Jack abrió la puerta. Vio una mesa de madera con una máquina de escribir encima y, sentado detrás, un hombre de tez oscura con gafas y un espeso bigote.

—Mi nombre es Jack, y estoy aquí en busca de información para un proyecto del colegio. ¿Le importa si le hago algunas preguntas? –preguntó el chico, un poco nervioso.

—No, por supuesto que no... Adelante –respondió el señor Hassan.

—Bueno –empezó Jack–, estoy investigando acerca de la diadema de Tutankamón.

El director del museo frunció el ceño.

—La diadema, ¿eh? –dijo–. La leyenda dice que aquel que lleve la diadema reinará sobre el mundo entero.

Ahora era Jack quien fruncía el ceño. No se había imaginado que la diadema tuviera tanto poder.

El señor Hassan observó al chico detenidamente.

—¿A qué colegio vas? –preguntó.

Por un segundo, Jack se quedó sin palabras.

—Te lo pregunto porque, hace unos meses –continuó el señor Hassan–, vino a verme un chico británico. También me preguntó por la diadema. A lo mejor vais al mismo colegio...

A Jack le dio un vuelco el corazón.

—¿Qué aspecto tenía? —preguntó.

—Era un poco mayor que tú —dijo el señor Hassan—. Con el pelo liso.

Jack no se lo podía creer. Metió la mano en el bolsillo del pantalón y sacó su cartera. Dentro llevaba una foto de él y Max en la playa. Se la enseñó al director.

—¿Fue este chico? —preguntó.

El director del museo asintió.

—Parece que ya os conocéis —comentó.

—Más que eso —murmuró Jack, emocionado—. ¿Qué quería?

—Quería conocer la historia de la diadema —dijo el señor Hassan—. Concretamente, quería saber quién se la robó a Howard Carter. Le conté todo lo que sé. Howard Carter tenía un ayudante llamado Omar. Todo el mundo le llamaba «O». Al día siguiente de descubrir la tumba, Omar y la diadema desaparecieron.

Antes de que Jack pudiera decir nada, el señor Hassan continuó:

—Décadas más tarde, un aldeano la encontró en la antigua ciudad de Tebas. Se la mandó a la arqueóloga Rachel Newington para que la custodiara. Pero, al poco tiempo, volvió a desaparecer.

Las piezas del rompecabezas empezaban a cobrar sentido. En el mensaje codificado, Max había incluido la palabra «Tebas». Era muy probable que hubiera estado en Tebas, con Rachel, protegiendo la diadema. Además, allí era donde habían vuelto a encontrarla.

Al escribir «Tutankamón», Max había usado la letra «o» en vez de la habitual «u». Jack se preguntaba si a lo mejor Max le estaba dando una pista sobre Omar.

—¿Qué más dijo mi... eh... amigo? —dijo Jack.

—Preguntó si Omar había tenido algún hijo —respondió el director del museo.

—¿Algo más? —inquirió Jack.

—Solo dijo que no se encontraba muy bien —dijo el señor Hassan—. El muchacho pidió un vaso de agua. Le dejé aquí, sentado en la oficina, mientras iba a por él. Cuando volví, se había marchado.

El chico estaba preocupado. A lo mejor Max tenía algún tipo de enfermedad grave y necesitaba atención médica. Pero, entonces, Jack vio la máquina de escribir delante del señor Hassan.

Pedir un vaso de agua para poder quedarse solos en una habitación era un truco muy común entre los agentes especiales. A lo mejor Max había escrito con esa máquina la carta codificada para su hermano. ¡Con la máquina de escribir del mismísimo señor Hassan!

Jack sonrió y le dio las gracias al director del museo por su atención. El señor Hassan le deseó lo mejor y siguió con su trabajo.

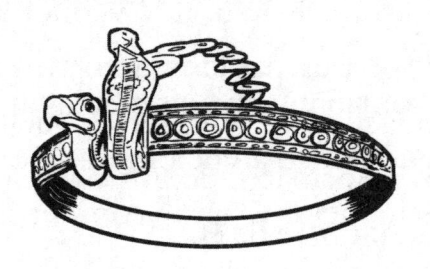

6
El guardián

Cuando el chico salió del museo, vio algo increíble. Posado en la parte superior de la Esfinge había un halcón, idéntico al que había visto en el exterior del Museo Británico. Le estaba mirando fijamente. Jack empezó a preocuparse. Si era el mismo, entonces estaba claro que le estaba siguiendo.

De pronto, el chico oyó unas carcajadas. Se giró para ver de dónde venían y vio un grupo de turistas parados junto a un autobús. Cuando Jack se volvió a dar la vuelta, el pájaro había desaparecido. Miró al cielo, pero no había ni rastro de él.

Sacudió la cabeza y trató de centrar sus pensamientos en Max. Su hermano había venido a El Cairo para obtener información acerca de Omar. Pero ¿por qué estaba tan interesado en Omar? Habían pasado casi ochenta años desde que Howard Carter descubriera los tesoros de Tutankamón. Y seguramente Omar, u «O», ya había muerto.

En cualquier caso, era probable que Max hubiera regresado a Tebas, el nombre antiguo de lo que ahora era la ciudad de Luxor. Entonces, Jack programó el Mapa Compañero para que calculara la distancia entre El Cairo y Luxor. Por desgracia, estaba a ocho horas de distancia.

Mientras miraba hacia el Nilo, que se extendía majestuoso ante él, el chico tuvo una idea. Metió la mano en la Mochila y sacó una barca de juguete. La dejó en el agua y, en cuestión de segundos, la maqueta se había convertido en una barca de tamaño real.

Era la Barca de Cola Larga de la FPG. Una embarcación que podía alcanzar los ochenta kilómetros por hora. Y como Jack tenía que recorrer una gran distancia, era el mejor aparato para ello.

El chico subió a bordo y se sentó en la parte de atrás. Pulsó un pequeño interruptor y emprendió el viaje.

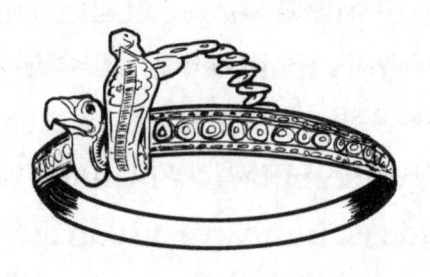

7
La factoría de tesoros

Cuando Jack llegó a Luxor, amarró la barca en el muelle y subió a tierra firme. En ese mismo instante, la Barca de Cola Larga disminuyó de tamaño hasta convertirse nuevamente en un juguete. Entonces, el chico sacó la pequeña nave del río y la volvió a meter en la Mochila.

—¿Y ahora? —se preguntó mientras observaba todo a su alrededor.

Caminó unos pasos y vio un cartel:

ESTE CAMINO CONDUCE AL VALLE DE LOS REYES.

VENGA Y VEA DE CERCA LAS MARAVILLAS ARQUEOLÓGICAS.

SALAMA MASSRI, DIRECTOR DE ARQUEOLOGÍA

Jack decidió ir a explorar. A lo mejor el señor Massri tenía alguna información acerca de la diadema. Tal vez incluso había visto a Max.

El chico caminó por el sendero polvoriento que llevaba al Valle de los Reyes. Sabía que, entre los siglos xvi y xi a.C., habían enterrado a los nobles y a los faraones en ese enorme valle.

Puesto que a los ladrones les había sido muy fácil robar tesoros de las pirámides, los reyes egipcios de las dinastías decimoctava, decimonovena y vigésima habían decidido esconder sus tumbas en el valle. De esa manera era más difícil encontrar sus momias y robar sus tesoros.

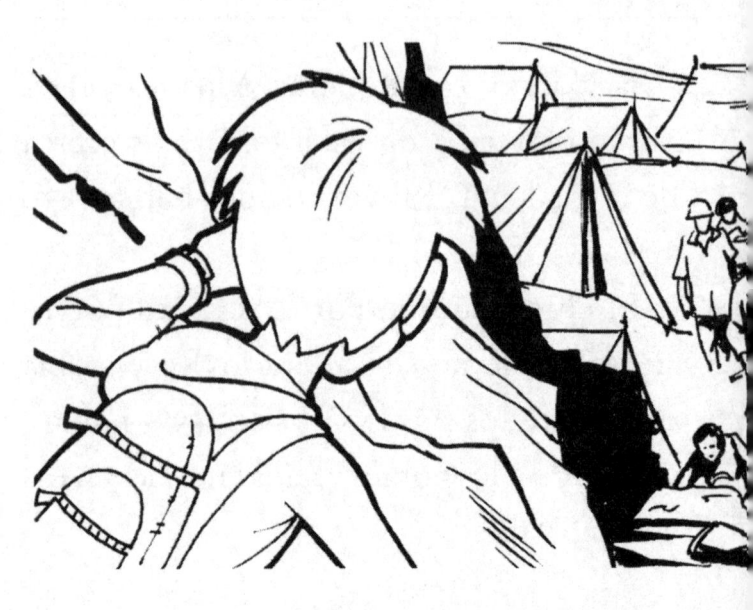

No se podían imaginar que, cientos de años después, millones de turistas y arqueólogos visitarían sus sepulcros. En 1922, Howard Carter encontró aquí la tumba de Tutankamón. Al parecer, Salama Massri también esperaba hacerse famoso.

Un poco más adelante, Jack divisó un campamento lleno de tiendas de campaña. Por todas partes andaban hombres, mujeres, niños y niñas, atareados, llevando mapas, herramientas y pequeños objetos. Algunos estaban sentados catalogando los descubrimientos. Otros rebuscaban entre la arena. Era como una fábrica: una fábrica para buscar objetos de valor.

Un hombre gritó desde una de las tiendas:

–¡Buen trabajo! Recordad: todo lo que encontremos nos los quedamos... Quiero decir, lo entregamos a un museo.

Jack supuso que ese debía de ser Salama Massri. Pero aún no lograba verle la cara.

–Hoy tenemos que encontrar diez objetos más –proclamaba el hombre–. Y ya sabéis que no me gusta cuando me defraudáis.

Los trabajadores continuaron dando vueltas de un lado para otro, pero ahora iban aún más rápido. Uno de los niños se chocó con otro y se le cayó lo que llevaba en las manos.

–¡Con cuidado! –bramó el señor.

El asustado muchacho recogió las herramientas y salió corriendo.

–Todo en este valle es valioso, incluso la más ínfima pizca de arena –dijo el hombre mientras salía de la tienda de campaña y sonreía a sus trabajadores.

Entonces, la luz del sol se reflejó en sus dientes, produciendo un cegador rayo de luz. Jack se cubrió rápidamente los ojos con la mano. Cuando el hombre cerró la boca, la luz desapareció. Fue en ese instante cuando Jack le reconoció y estuvo a punto de desmayarse.

Delante de sus narices, de pie en medio del campamento, se encontraba nada menos que el hombre de los dientes de oro, el lunático de Camboya que había raptado a Rachel Newington. Jack se agachó y se arrastró de rodillas para esconderse detrás de una mesa.

–Recordad: cada uno de vosotros es responsable de encontrar algo. Y si no lo hacéis –dijo dando una patada en el suelo y lanzando arena a los ojos de una niña–, tendréis que responder ante mí.

Jack vio un hombre asiático, ataviado con pantalones de lino, que se acercaba a Massri. Era el mismo que le había ayudado en Camboya.

Luego los vio alejarse del campamento.

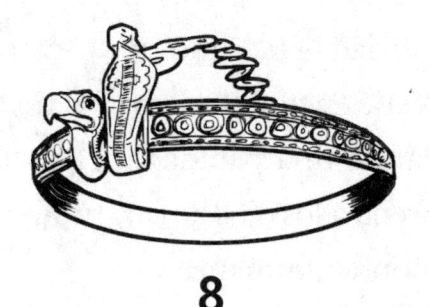

8
SE DESCUBRE AL VILLANO

La cabeza de Jack daba vueltas. ¿Qué hacía el hombre de los dientes de oro en Egipto? La última vez que sus caminos se habían cruzado, Jack había visto cómo le detenía la policía camboyana. Quizá ya había cumplido su condena y había huido del país. Quizá había sobornado a la policía para que le dejaran salir antes de la cárcel. En cualquier caso, parecía que el hombre de los dientes de oro era nada menos que Salama Massri, el director de esta excavación.

Jack empezó a recordar algunas de las pistas. Le vino a la mente una grabación que había encontrado en casa de Rachel Newington, en Camboya, que sugería que ella conocía a la persona que la había raptado.

A lo mejor Salama y Rachel habían estado trabajando en Egipto al mismo tiempo. Tal vez él estaba aquí buscando el tesoro, mientras Rachel y Max estaban protegiendo la diadema. Jack se preguntaba si Massri también conocía a Max.

Entonces, el chico tuvo una idea. Penny le había dicho que alguien estaba persiguiendo a su hermano. ¿Y si ese alguien era Massri? Este delincuente era un hombre avaricioso que haría lo que fuera por obtener un tesoro de valor incalculable. Tal vez sabía que

Max tenía la diadema y estaba intentando encontrarle.

La única manera de descubrirlo era buscando pistas. Jack miró a su alrededor para asegurarse de que nadie le estaba observando. Después, levantó la lona de una tienda de campaña cercana y entró silenciosamente.

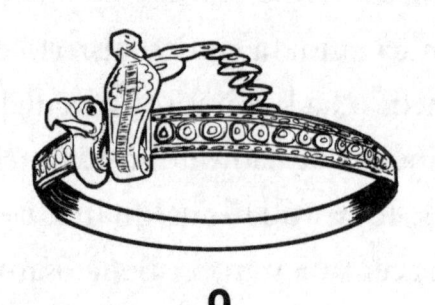

9
El prisionero sorpresa

Dentro de la primera tienda no había nada raro, solo algunas herramientas y cajas vacías. Entonces Jack se coló en la siguiente. En aquella estaban los baños, y también había un espejo. Pasó rápidamente a otra tienda y se encontró en una especie de almacén.

A un lado había una pila de cajas llenas de objetos. En el centro de la tienda vio un poste clavado en la arena. Había un chico joven de espaldas a Jack, sentado en el suelo y apoyado contra el poste. Tenía las muñecas atadas y su cuerpo caía inerte hacia delante, como si estuviera dormido. Jack pensó que debía de ser uno de los trabajadores, que se había metido en líos por romper algo.

Caminó alrededor del poste para asegurarse de que el muchacho estaba bien. Pero cuando se acercó y le vio la cara, se llevó la mayor sorpresa de su vida. No era cualquier chico. ¡Era su hermano, Max!

Jack sintió que la emoción se apoderaba de él y empezó a llorar de alegría. No podía creer que, después de tantos meses, hubiera encontrado por fin a su hermano. Le abrazó con fuerza y después se sentó junto a él para examinarle. Aparte de la saliva que le caía de los labios, parecía estar bien. No tenía heridas visibles por ningún lado.

Jack empezó a sacudirle por los hombros, pero Max no se despertó.

El chico se agachó y pegó el oído a la boca de su hermano. Max respiraba con normalidad, pero no volvía en sí. Jack supuso que Massri le habría dado algún narcótico para dormir. Metió la mano en la Mochila de la FPG y sacó los Vapores de Liberación Prolongada. Era un tubo que contenía una crema con un olor tan fuerte que podía despertar a cualquiera de cualquier tipo de sueño. Se utilizaba cuando alguien había sido drogado, o se había dado un golpe en la cabeza y estaba inconsciente.

–Aspira un poco de esto –le dijo a su hermano– y estarás como nuevo.

Justo cuando iba a colocar el tubo bajo la nariz de Max, escuchó un ruido fuera de la tienda de campaña. Era una niña, y se estaba acercando.

–¡Suéltame, sanguijuela! –gritó ella.

Jack guardó los Vapores de Liberación Prolongada y se escondió detrás de una pila de cajas.

La tienda de campaña se abrió y una chica cayó de bruces en su interior. Era extraño, porque llevaba una mochila que parecía de la FPG. Massri entró justo detrás de ella.

–¡Ya os dije, a ti y a tu madre, que me dejarais en paz! –exclamó.

Jack escuchó con atención. Qué cosa tan rara acababa de decir. Se fijó en el pelo de la muchacha. Era castaño y rizado, exactamente igual que el de...

–¡Chai! –bramó Massri.

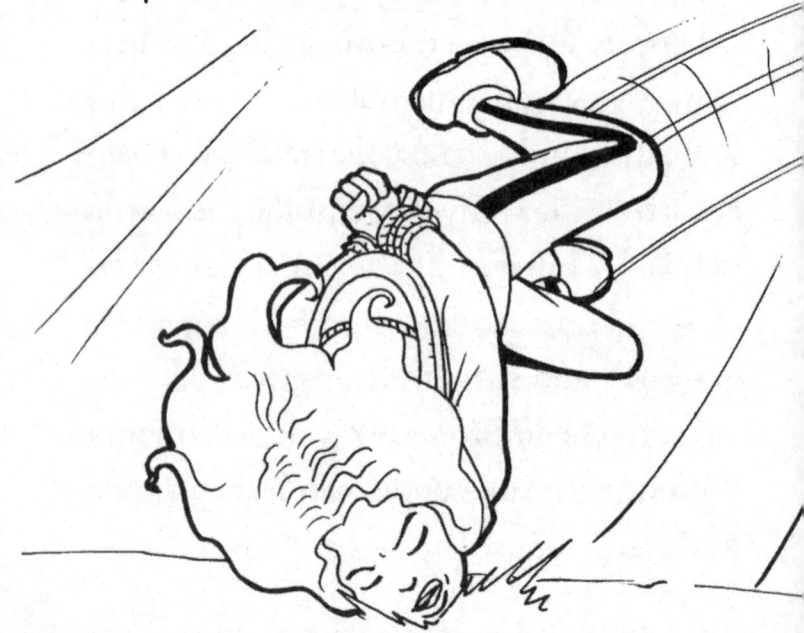

Su secuaz entró en la tienda con una cuerda en la mano. Levantó bruscamente a la chica del suelo, la llevó al mismo poste donde estaba Max y la ató junto a él. En ese momento, Jack pudo verle la cara.

¡Era Kate, la chica que había conocido en Camboya! La hija de Rachel Newington. Pero ¿qué estaba haciendo aquí?

Antes de que Jack pudiera intervenir, Massri y Chai se dirigieron a la salida de la tienda.

–Estoy más cerca que nunca de encontrar la diadema –murmuró Massri–. Sé que está en Guiza.

–¡Nunca será tuya! –gritó Kate mientras trataba de soltarse.

–Claro que lo será –dijo él–. Y cuando la consiga, me aseguraré de no volver a cruzarme con ninguno de vosotros dos, nunca más.

Massri soltó una sonora carcajada y se marchó con su esbirro.

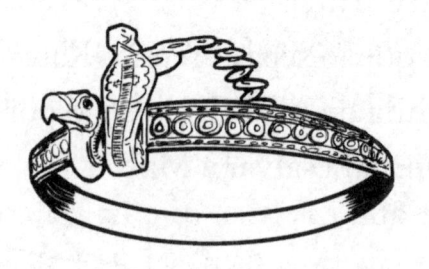

10
Tres audaces agentes

Jack se quedó sentado un momento, perplejo. Qué increíble coincidencia. ¿Max y Kate en la misma tienda de campaña?

Jack se acercó a Kate. Cuando ella vio quién era, se puso muy contenta, aunque también estaba confusa.

—¡Jack! —exclamó—. ¿Qué estás haciendo aquí?

—¿Yo? —dijo él—. Vine a rescatar a mi hermano. Y tú, ¿qué haces aquí? ¿Por qué llevas la Mochila de Max?

Y señaló la familiar mochila que Kate llevaba a su espalda.

–Para que lo sepas –repuso Kate–, esta es mi Mochila de la FPG. Y vengo por la misma razón: para salvar a Max.

Jack frunció el ceño, incrédulo.

–Después de conocerte, decidí unirme a la FPG –dijo Kate–. Me inspiraste. Además, era la única manera de volver a verte.

Jack se puso rojo como un tomate.

–Entonces, ¿tu misión es encontrar a mi hermano?

En ese caso, Jack iba a tener que hablar seriamente con el director Barter: no comprendía por qué la FPG no le había pedido que fuera él mismo.

–Supongo que era demasiado arriesgado mandarte a ti –comentó Kate–. Al fin y al cabo, sois hermanos. Eso podría nublarte el juicio.

Jack frunció el ceño. Antes de que pudiera responder, Kate siguió hablando:

–Además –dijo–, tengo muy buena reputación dentro de la FPG. Soy uno de sus mejores agentes secretos.

Jack lo dudaba. Nunca había oído hablar de las misiones de Kate. Él era el más condecorado. En tan solo unos meses, había logrado detener nada menos que a trece criminales.

–He batido tu récord –dijo Kate–. Y soy famosa por lograr salir de situaciones complicadas.

Jack observó sus muñecas atadas.

–No parece que ahora estés muy inspirada –comentó.

–Dame un minuto –dijo ella.

Cerró los ojos y empezó a sacudir los hombros. Al igual que Houdini lograba escapar de las camisas de fuerza, Kate se había liberado de sus ataduras.

Jack estaba impresionado. Normalmente, para cortar cuerda él se servía de la navaja que llevaba en la bota.

–¿Cómo has...? –empezó a preguntar.

–Es un secreto –dijo Kate, y le guiñó el ojo–. Venga, vamos a sacar a tu hermano de aquí. No creerás que me he dejado capturar por ese canalla para nada.

Al fin había descubierto lo que Kate estaba haciendo en aquella tienda. Había engañado a Massri para que la capturara y poder acercarse a Max.

Jack sacó los Vapores de Liberación Prolongada y los pasó por debajo de la nariz de Max. Kate cortó la cuerda que ataba las muñecas de Max. En cuestión de segundos, el muchacho abrió los ojos y vio a su hermano pequeño.

–¡Jack! –exclamó, y le abrazó–. Sabía que vendrías. Veo que has recibido mi nota.

–Sí, la recibí –dijo Jack–. Perdona que tardara tanto.

–Mejor tarde que nunca –comentó Max con una sonrisa–. ¿Cómo están mamá y papá?

–Muy bien –respondió Jack–. Creen que sigues en Suiza.

–Eso fue idea del director Barter –explicó Kate–. Bastante ingenioso, ¿no crees?

Se frotó las muñecas y se dirigió a Kate:

–Y tú, ¿quién eres?

–Soy amiga de Jack –repuso Kate guiñándole el ojo a Jack– y agente de la FPG.

Max miró a Jack, después a Kate, y de nuevo a su hermano.

–Amigos, ¿eh? –dijo, y levantó una ceja.

Jack se puso rojo por segunda vez ese día. Cambió de tema.

–¿Dónde está la diadema? –preguntó.

–La enterré en Guiza –explicó Max–, entre la Esfinge y la Gran Pirámide. La tenía que ocultar de Massri. Desde que llegó a Tebas, no ha parado de buscarla.

Se acercó a los chicos y añadió:

–Salama es el hijo de Omar Massri, el tipo que se la robó a Howard Carter.

Jack se quedó boquiabierto. Eso explicaba por qué Salama Massri estaba tan desesperado por encontrarla.

–El problema –dijo Max– es que Massri sabe dónde está la diadema. Me inyectó el suero de la verdad y me obligó a que le revelara el lugar exacto en el que la escondí. Incluso es posible que ya la haya encontrado.

–No lo creo –respondió Jack, recordando lo que Massri le había dicho a Kate–. Si nos damos prisa, a lo mejor le adelantamos.

Miró a su alrededor.

–¿Dónde está tu Mochila? –preguntó a Max.

–La enterré junto a la diadema –dijo Max–. No quería que Massri se hiciera con ella.

–Buena idea –repuso Jack.

Kate se levantó.

–Chicos, estamos perdiendo un tiempo precioso –dijo–. Si queremos detener a Massri, nos tenemos que ir ya.

Jack y Max se miraron, sorprendidos por la determinación de Kate. Ella tenía razón: debían darse prisa. Salieron de la tienda y observaron parte del campamento. No vieron a Massri ni a Chai por ningún lado.

—Guiza está a casi cuatrocientos kilómetros al norte –dijo Max–. Tenemos que ir río arriba.

—Podemos usar la Barca de Cola Larga –propuso Max. Al fin y al cabo, había viajado con ella desde El Cairo hasta Luxor.

Condujo a Kate y a Max hasta el puerto y lanzó la barca de juguete al agua. Como era de esperar, la nave aumentó de tamaño. Los chicos se subieron y Jack encendió el motor. Ajustó la velocidad para navegar por el Nilo tan rápido como fuera posible.

Enseguida, los pensamientos de Jack se centraron en Massri. El señor Hassan había dicho que aquel que llevara la diadema «reinaría sobre el mundo entero». Jack no comprendía exactamente a qué se refería con eso, pero sabía que no podía ser nada bueno. Tenían que evitar por todos los medios que Massri encontrara ese tesoro.

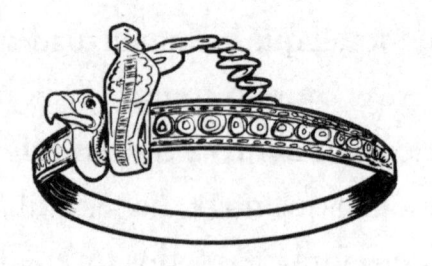

11
El fatídico descubrimiento

Nada más llegar al puerto de Guiza, Jack guardó la Barca de Cola Larga y se dispusieron a emprender la búsqueda. No tardaron en descubrir un cartel que decía:

VISITE UNA DE LAS SIETE MARAVILLAS DEL MUNDO: LA PIRÁMIDE DE GUIZA.

*

DISFRUTE DE LA MAJESTUOSIDAD DE LA ESFINGE.

*

SOLO QUINCE KILÓMETROS AL SUROESTE DE GUIZA.

–Ese es nuestro destino –exclamó Max.

Kate abrió su Mochila y sacó la Tabla Voladora. La extendió y todos se montaron.

La chica programó el aparato en la función NADA EXCEPTO AIRE, y enseguida se pusieron en camino. Puesto que se desplazaban a treinta kilómetros por hora, no tardaron mucho en llegar a la meseta de Guiza.

Jack se bajó y se quedó observando uno de los monumentos más increíbles que había visto en su vida.

Delante de él, imponente, se erguía la Esfinge, la estatua más grande del mundo. Era más alta que diez hombres y casi tan larga como una fila de cuarenta personas. Tras la Esfinge asomaba la pirámide de Kefrén, la segunda más grande de las pirámides de Guiza.

–Enterré la diadema en una pequeña caja –explicó Max–, cerca de la pirámide de Kefrén. La encontraremos con el Transpondedor.

Pulsó un botón de su Reloj Teléfono y al instante apareció en la pantalla un plano del desértico terreno que los rodeaba. Un pequeño punto rojo comenzó a parpadear.

–Por aquí –dijo, y se puso en camino.

Jack y Kate le siguieron, pasaron junto a una zarpa de la Esfinge y se dirigieron hacia las pirámides. En ese instante, Jack divisó algo en la distancia. Eran dos hombres. Uno de ellos estaba excavando en la arena.

—Esperad —dijo, y cogió a Max del brazo—. Creo que ese es Massri.

Efectivamente, eran Massri y Chai, su ayudante.

—No me lo puedo creer —dijo Max—. ¿Cómo han podido llegar tan rápido? ¿Y cómo han encontrado la diadema sin un Transpondedor?

—No lo sé —dijo Jack mientras sacaba el Tornado de su Mochila—. Pero vamos a detenerlos con esto.

El Tornado de la FPG era como una catapulta manual. Podía lanzar cuerdas a gran distancia para capturar a los bandidos. Jack configuró el dial a «2» y apretó el gatillo.

¡ZIPPPP!

Dos cuerdas salieron disparadas. Chai, sin sospechar que no estaban solos, desenterró una pequeña caja del suelo y se la dio a su jefe. Massri la abrió, sacó la diadema y se la colocó en la cabeza. Al instante, un halo dorado comenzó a brillar alrededor de él y su secuaz.

¡BLAM!

Las cuerdas rebotaron contra el halo protector y cambiaron de dirección. ¡Ahora se dirigían hacia Jack, Max y Kate!

–¡Corred! –gritó Jack.

Massri se echó a reír cuando vio a los niños tratando de ponerse a salvo.

–¡Nunca me quitaréis la diadema! –gritó–. ¡Llevarla es mi destino!

Su mirada se volvió fría y dura como el hielo, y centró su atención en Max. Empezó a hablar, y las palabras parecían pertenecer a un idioma antiguo. De la boca de la cobra que decoraba la corona salió un rayo de fuego.

¡HIIISSSSSS!

Alcanzó a Max en el muslo y le hizo perder el control. Dolorido y desorientado, el muchacho cayó al suelo.

–¡Max! –chilló Jack, y corrió hacia su hermano.

Max estaba mareado. Jack se dirigió rápidamente a Kate:

–Sácale de aquí –dijo–. No te preocupes por mí. Me encargaré de Massri.

Kate quería quedarse y ayudar a Jack, pero no tenía otra alternativa. Su misión era salvar a Max. Montó al chico sobre la Tabla Voladora y se fueron volando.

Jack sacó la navaja de la Mochila y esperó. Cuando le alcanzó la primera cuerda, blandió con fuerza la navaja.

¡CRAC!

Cortó la cuerda en dos.

¡ZAP!

Jack dio otro navajazo. La cuerda había quedado reducida a cuatro trozos. Por suerte, ahora era demasiado corta como para atraparle. Pero la segunda cuerda se dirigía hacia él.

En la distancia, Jack vio un pequeño lavabo para turistas. Si lo alcanzaba, podría protegerse tras la puerta. Echó a correr, pero no fue lo suficientemente rápido. La segunda cuerda se enroscó alrededor de su pie y le hizo trastabillar. Cayó al suelo.

En cuestión de segundos, quedó envuelto en cuerda, de la cabeza a los pies. Solo quedaban dos huecos libres sobre los ojos y la boca.

Massri se acercó, riendo a carcajadas.

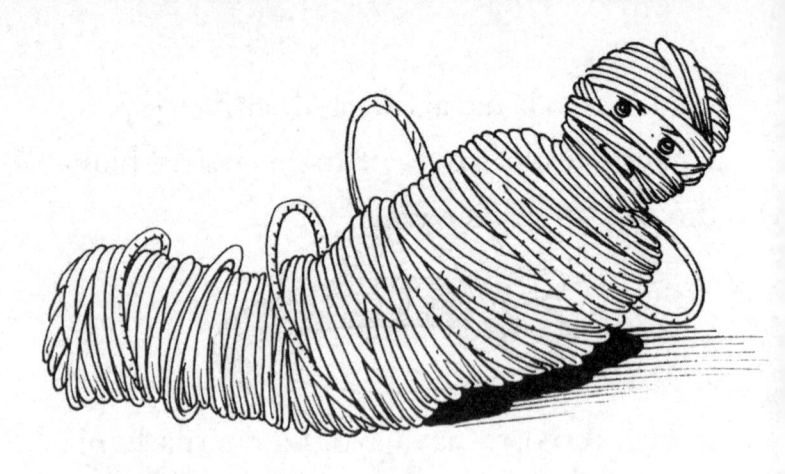

–La tecnología moderna no es rival para los poderes ancestrales –dijo, y se volvió hacia su secuaz–. ¡Chai!

En un instante, Chai estaba arrastrando a Jack por el desierto. A través del espacio libre que quedaba sobre los ojos, Jack podía ver adónde se dirigía. Divisó cuatro tiendas de campaña delante de ellos.

Chai le arrastró al interior de una de ellas.

–Gracias por tu ayuda –dijo Massri, que estaba de pie detrás de Chai–. Así no tengo que perder tiempo en atarte.

Entonces, los dos hombres se marcharon entre risas.

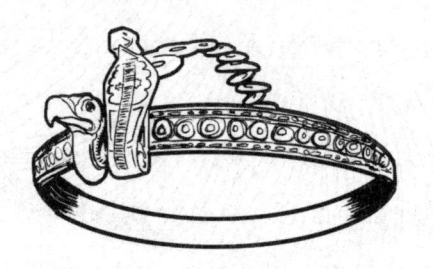

12
El fisgón

«Genial», pensó Jack. Seguramente era la primera vez en la historia de la FPG que uno de los artilugios atrapaba al propio agente. Los demás agentes se iban a reír mucho cuando se enteraran.

El chico se retorció para intentar soltarse, pero la cuerda estaba demasiado apretada. Trató de morderla, pero no iba a ser capaz de roerla. Con un poco de suerte, Max se recuperaría pronto de la herida y entonces él y Kate volverían a rescatarlo.

Mientras, Jack tenía tiempo para pensar.... y escuchar. Durante la hora siguiente, varias personas entraron y salieron de la tienda de campaña.

–¿Cuánto falta para que llegue el presidente? –preguntó un hombre.

–Estará aquí en una hora –repuso una mujer.

–¿Y qué hay del servicio secreto que le protege? –preguntó el hombre.

–No podrán hacer nada para evitar lo que tiene planeado Massri –dijo la mujer, y después ambos salieron de la tienda.

Jack no sabía exactamente de qué estaban hablando. Pero seguro que no era nada bueno. La mujer había mencionado al «presidente». Jack sabía que había un presidente que gobernaba Egipto.

Al rato, se oyeron los murmullos de otras voces en la tienda: voces conocidas.

–¡Jack! –dijo una. Parecía la voz de Max.

Jack miró a través del pequeño agujero en la cuerda. Efectivamente, era su hermano. Soltó un suspiro de alivio. Max se había recuperado rápido. Kate y él debían de haber usado el Rastreador de Agentes, que venía incorporado en el Reloj Teléfono.

–Vamos a soltarte –dijo Kate.

Jack oyó el crujido de las cuerdas y enseguida notó que se aflojaban. Se sacudió y cayeron al suelo.

–¿Estás bien? –preguntó a su hermano.

–Sí –dijo Max–. Kate se ocupó de mí y me revivió con los Vapores de Liberación Prolongada. Perdona que tardáramos tanto.

Jack vio que Max llevaba puesta su Mochila.

–Recuperamos la Mochila de tu hermano –explicó Kate–. Pensamos que sería mejor tener tres conjuntos de aparatos en vez de dos.

–Hay mucho lío ahí fuera –dijo Max–. ¿Tienes idea de qué está ocurriendo?

–He escuchado lo que decían unas personas –dijo Jack–. Creo que va a venir el presidente.

–¿Qué planea Massri? –inquirió Max.

–No lo sé, pero vamos a descubrirlo –repuso Jack.

El trío salió a hurtadillas de la tienda. En el desierto había mucha gente. Había trabajadores montando un podio y extendiendo una alfombra roja delante de la Esfinge. Por todas partes había desplegados equipos de televisión y cámaras. Los puestos de comida habían abierto. Fuera lo que fuera lo que estuviera planeando Massri, iba a ser importante.

–¿Dónde se habrá metido? –preguntó Kate.

Jack abrió la Mochila y saco sus Gafas de Navegación. Se las colocó y configuró la ampliación a zoom.

Escaneó todo alrededor, pero no había ni rastro de los delincuentes. Después, cambió a la opción Rayos X. Tampoco se encontraban en ninguno de los camiones ni tiendas de campaña.

–No está aquí –dijo Max–. Pero va a venir el presidente. Estará aquí en menos de una hora.

–Tiempo más que suficiente para que se nos ocurra algún plan –dijo Max.

Jack, Kate y Max debatieron cómo iban a capturar a Massri. Para cuando hubo pasado una hora, estaban preparados.

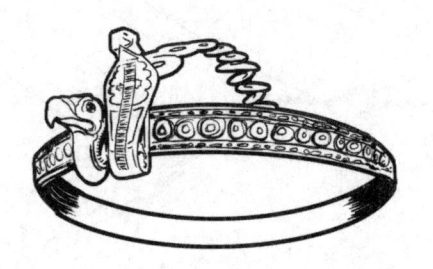

13
El ejército

Del gentío se levantó una voz por encima de las demás. Era un hombre egipcio vestido con traje. Llevaba un auricular en el oído derecho a través del cual se le transmitían unas instrucciones.

–¡El presidente de Egipto está a punto de llegar! –dijo–. ¡A sentarse todo el mundo!

Cientos de personas corrieron hacia las gradas. Una limusina negra paró junto a la alfombra roja. El presidente de Egipto bajó del coche, seguido de Massri y Chai. El hecho de que el presidente estuviera tan cerca de Massri complicaba las cosas.

–No conseguiremos atrapar a Massri sin herir al presidente –dijo Jack.

–Tengamos paciencia –dijo Max–. Vamos a ver qué pasa...

Massri y el presidente se dirigieron al podio. El delincuente se inclinó sobre el micrófono y el público comenzó a aplaudir.

—Damas y caballeros —dijo—, hoy es un día histórico para Egipto. Tras años de búsqueda, ¡por fin he encontrado la diadema de Tutankamón!

El público vitoreó de alegría.

—Más bien, robado —susurró Kate a los muchachos.

El presidente de Egipto se colocó orgulloso junto a Massri. Chai entregó a su jefe la caja con la diadema. Cuando vieron la caja, los niños soltaron un grito de horror.

—¡Tenemos que detenerle antes de que se la ponga! —exclamó Max.

Mientras Massri abría la caja, los chicos se abalanzaron sobre el escenario. Él se puso la diadema en la cabeza y apareció el halo dorado. Levantó las manos hacia el público.

—Este es el poder de la diadema —dijo—, ¡un escudo impenetrable que protege a quien la lleva!

El presidente de Egipto le miró, confuso.

–Llevo años buscando esta diadema –explicó Massri– para vengar la reputación de mi padre. Y ahora ha regresado a nuestra familia. Con esta corona, ¡dominaré el mundo!

Al presidente no le gustaba lo que estaba oyendo. Nervioso, se dirigió a Massri:

–Creo que deberíamos dar por finalizada esta rueda de prensa –dijo–. Quizá podríamos hablar sobre sus sentimientos hacia su padre con la ayuda de un... de un médico...

Pero Massri se mostraba inflexible. Ignoró al presidente.

–Ejército, ¡al ataque! –bramó.

Los cielos se abrieron y una solemne voz ancestral habló desde arriba.

Jack, Kate y Max frenaron en seco ante el podio. Miraron hacia el este. La arena comenzaba a moverse. Se oyeron unos chasquidos.

–¿Qué está pasando? –preguntó Jack.

Del gentío salió un grito de horror.

–¡Escorpiones!

Efectivamente, cientos de enormes escorpiones avanzaban por la arena hacia ellos. Tenían las colas levantadas, listas para picar.

Los agentes del servicio secreto protegieron al presidente y le metieron en la limusina.

Los periodistas trataban de informar mientras buscaban a la vez algún sitio donde refugiarse. Hombres y mujeres corrían a toda velocidad hacia sus coches. Todo el mundo gritaba.

–¡Podéis correr –gritó Massri–, pero no lograréis esconderos! Mi ejército os encontrará a todos y os obligará a arrodillaros ante mí, ¡vuestro nuevo líder!

En cuestión de segundos, los escorpiones se habían dispersado por todas partes. Llevaban la cola levantada, preparados para envenenar con su picadura. Muchas personas

119

huyeron hacia las pirámides de Guiza. Otras se escondieron detrás de la esfinge. La limusina del presidente trató de huir, pero los escorpiones la habían rodeado y golpeaban los cristales con la cola.

El plan de los jóvenes agentes para capturar a Massri había fallado. No se habían podido imaginar que tendrían que vérselas con un ejército de escorpiones.

–¿Cómo vamos a pararlos? –gritó Jack, tratando de hacerse oír por encima de los chillidos del gentío.

–¡Aplastémoslos! –dijo Max, y señaló a un enorme montón de bloques de roca que había junto a la pirámide.

Jack se volvió y vio en la distancia una pila de rocas de seis metros de altura. Se trataba de rocas que habían sobrado de otras excavaciones. Estaban atadas con una resistente red de cuerda. Jack sabía que la única manera de matar un escorpión era aplastándolo. Los tres agentes corrieron a toda velocidad hacia las rocas.

En ese instante, un escorpión apuntó su cola al tobillo de Jack. El muchacho consiguió esquivarla antes de que pudiera picarle, y miró a Kate. Había otro enorme escorpión acercándose a ella.

–¡Cuidado! –gritó Jack.

La chica metió la mano en su Mochila y sacó la Tabla Voladora. La usó para golpear al escorpión.

¡BUM!

El bicho retrocedió un paso y sacudió la cabeza. Después centró su furiosa mirada en Kate.

¡CRUNCH!

Ella hizo pedazos una de sus pinzas.

–¡Chúpate esa! –dijo mientras se montaba en la Tabla Voladora y echaba a volar.

Jack y Max también se montaron en sus Tablas Voladoras, y los tres avanzaron rápidamente hacia los bloques de piedra. Por desgracia, Massri los había visto.

¡HISS!

Un rayo de luz salió disparado de la diadema y alcanzó la parte trasera de la Tabla Voladora de Jack. El motor se incendió y el muchacho perdió el control. Salió despedido y cayó al suelo. Gimió de dolor, pero consiguió ponerse en pie.

–¡Eso sí que no! –gritó Massri.

Max y Kate ya se encontraban flotando junto a la base de los bloques de roca.

¡HISS!

Massri soltó otro rayo de luz hacia Max. No dio en el blanco, pero quemó una de las cuerdas que sujetaban las rocas. Estas se empezaron a mover y a crujir.

El villano estaba furioso. Ordenó a los escorpiones que atacaran a los muchachos. Cientos de criaturas se unieron y se abalanzaron sobre ellos.

—¡Los distraeré! —gritó Jack—. Cuando yo os lo diga, ¡soltad las rocas!

Kate y Max asintieron y se elevaron hasta lo alto de la pila de piedras. Sacaron los disparadores láser de sus mochilas y esperaron. Jack sacó un pañuelo del bolsillo y empezó a sacudirlo para atraer la atención de los escorpiones.

—¡Por aquí! —gritó.

Una avalancha de escorpiones se dirigía hacia el chico. Massri se giró hacia su asistente, satisfecho por cómo estaba saliendo todo.

—No sobrevivirán —dijo mientras caminaba hacia la limusina—. Es el momento perfecto para decirle al presidente que deje el país en mis manos.

En cuanto los escorpiones estuvieron lo suficientemente cerca, Jack gritó:

—¡Soltad las rocas!

Kate y Max encendieron los disparadores láser y cortaron la gruesa cuerda. Los bloques de roca comenzaron a caer con gran estrépito. Como una ola gigante, rodaron por encima de los escorpiones, empujándolos y aplastándolos. Jack saltó para ponerse a salvo y las rocas casi pasaron también por encima de él.

Cuando Massri vio lo que estaba pasando, se puso rojo de furia.

—¿Cómo te atreves? —murmuró furioso, y se dirigió hacia Jack disparando rayos de luz con la diadema.

¡ZAP!

Jack corrió en zigzag por la arena.

¡BUM!

Un rayo de luz pasó muy cerca de él, y el chico sabía que no iba a poder seguir corriendo por mucho tiempo más. Entonces se le ocurrió una idea.

¡BUM!

Otro rayo de luz pasó a tan solo centímetros de su pie.

—¡Jack! —gritó Kate—. ¡Espéranos!

Pero él no podía parar. No había vuelta atrás. Metió la mano en la Mochila y sacó la Minibomba. Frenó y se dio la vuelta para enfrentarse cara a cara con Massri.

—¡Nunca gobernarás el mundo! —exclamó.

Lanzó la Minibomba hacia Massri. El artefacto explotó, formando un pequeño cráter. Massri tropezó y se desplomó en el suelo. La diadema cayó de su cabeza y rodó a varios metros de distancia.

Era justo lo que Jack había estado esperando. Se abalanzó sobre ella, pero Massri llegó antes.

–Este será tu final –dijo con rabia mientras levantaba la corona para colocársela de nuevo en la cabeza.

En ese momento, oyeron un estridente graznido que venía de arriba. Jack miró al cielo. Era un ave de presa como la que había visto en Londres y en el Museo Egipcio. Estaba planeando a gran altura.

De pronto, el ave comenzó a descender con las garras extendidas. «Otra vez no», pensó Jack mientras se lanzaba al suelo. Y se protegió la cabeza con las manos.

¡SWOOSH!

Jack sintió el movimiento del aire junto a sus orejas, y aunque esperaba un golpe o algo peor, nada le tocó. El halcón no le había atacado. Levantó la vista y vio a Massri de pie delante de él, mirándole con pavor. Ya no tenía la diadema en las manos.

–El halcón del rey ha hablado... –murmuró.

¡SCREECH!

Jack miró hacia arriba y vio al pájaro sujetando la diadema con sus garras.

¡SCREECH!

El halcón voló hacia Jack y la depositó en sus manos.

El chico estaba perplejo. Por unos segundos observó al pájaro, que ahora volvía a planear tranquilamente sobre sus cabezas. A lo mejor, aquel día en el museo, en vez de herirle, el halcón había tratado de decirle algo. ¡A lo mejor había intentado decirle que fuera a Egipto y que salvara la diadema!

Cuando Massri vio a Jack sujetando la corona, se dio la vuelta y echó a correr. Pero Max disparó una cuerda y le alcanzó. Le atrapó antes de que pudiera huir, y Massri cayó al suelo con un ruido sordo.

Max y Kate se acercaron volando en las tablas voladoras. Max llevaba el Tornado en las manos.

—Buen trabajo —dijo dándole una palmadita en la espalda a su hermano.

—Gracias —dijo Jack—. Tuve un poco de ayuda de un... de un amigo.

El pájaro soltó un último graznido y después desapareció en el cielo.

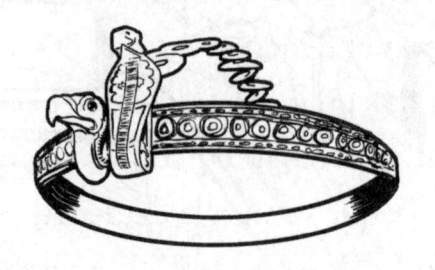

14
La despedida

Al poco tiempo llegó la policía egipcia, que metió a Massri, aún envuelto en cuerda, en la parte de atrás del furgón policial. Acto seguido hicieron lo propio con su secuaz, Chai.

—Bueno —dijo Jack a Massri—, conque gobernar el mundo, ¿eh?

Massri murmuró algo que sonó muy parecido a:

—Nos volveremos a ver...

Un policía cerró la puerta del furgón delante de sus narices y se subió al asiento del conductor.

El motor del furgón se encendió y el vehículo se alejó, llevando consigo a uno de los villanos más malvados a los que Jack se había enfrentado en su vida.

–Supongo que ahora podemos ir a devolver la diadema al señor Hassan –dijo Max–. Antes no sabía en quién confiar.

–¿Por qué no voy yo? –se ofreció Kate–. Al fin y al cabo, vosotros dos tenéis que ir a casa.

Jack sonrió.

–Gracias –dijo.

Kate empezó a pulsar enérgicamente botones en su Reloj Teléfono.

–Si no te importa... –dijo–. Prometí al director que le llamaría.

La pantalla de su Reloj Teléfono crujió. Jack miró por encima del hombro de ella y vio que aparecía la imagen de un hombre. Era el mismo hombre que Jack había conocido en la oficina de Gerald Barter cuando estuvo en el Ártico. Ahora, Jack conocía la verdadera identidad de su jefe.

–Hola, director Barter –dijo Kate, dirigiendo la voz hacia su muñeca–. El paquete está a salvo.

—Buen trabajo, Agente Secreto Luz de las Estrellas.

Jack nunca había oído hablar del «Agente Secreto Luz de las Estrellas». De pronto, el director Barter vio a Jack y Max al fondo.

—Hola, Agente Secreto Valiente —dijo a Jack—. Sabía que no iba a poder mantenerle fuera de Egipto por mucho tiempo.

Jack sonrió al director y rezó para que no lo regañaran por interferir en la misión de Kate.

—También estoy muy contento de verle a usted, Agente Secreto Sabiduría —dijo el director. Se estaba dirigiendo a Max.

Cuando Max le había hablado a su hermano sobre sus misiones, nunca le había revelado su nombre en código. El nombre de «Sabiduría» le iba como anillo al dedo.

—¿Dónde está la diadema? —preguntó el director.

—Luz de las Estrellas se la va a entregar hoy al señor Hassan —dijo Max.

—Bien hecho a los tres —respondió—. Director Barter desconectando.

Entonces, la pantalla se puso en negro.

—Bueno —dijo Kate, sujetando la diadema—, supongo que debería llevar esto al señor Hassan. Ha salido todo muy bien —les dijo a los chicos.

—Sí, también ha sido genial trabajar contigo —repuso Jack—. Me alegro de que te hayas convertido en un agente de la FPG.

La chica le sonrió y lo abrazó.

Cuando se separó de él, le dio un beso en la mejilla. Jack se puso rojo como un tomate.

Max carraspeó risueño.

—A lo mejor podemos ir a visitarte a Camboya —dijo Jack, que no veía la hora de volver a ver a Kate.

–Estaría muy bien –dijo ella sonriendo.

–Saluda a tu madre de mi parte –dijo Max.

–Lo haré –respondió ella; dijo adiós con la mano y se volvió para irse–. ¡Deseadme suerte en mi próxima aventura!

Los chicos se quedaron mirándola hasta que la perdieron de vista.

Jack se volvió hacia su hermano y le dijo:

–Llevo meses esperando decir esto: ¡vámonos a casa!

Sacó el Mapa Portable de la Mochila. Lo abrió y lo colocó en el suelo. Cogió una pequeña bandera de Inglaterra y la puso en el sitio correcto. Tomó a su hermano de la mano y se agarraron con fuerza.

Jack exclamó:

–¡Vamos a Inglaterra!

Hubo un estallido de luz y ambos desaparecieron.

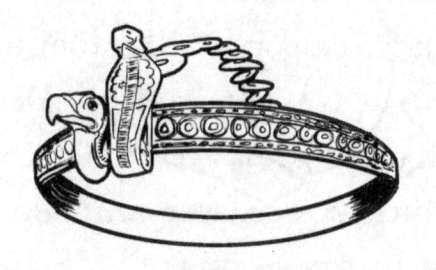

15
El camino a casa

Cuando regresaron a casa, se encontraron en la habitación de Jack. Alguien llamó a la puerta.

—¿Qué tal vas con los deberes? —sonó desde fuera la voz de su madre.

Jack y Max se miraron. Jack se echó a reír. Si su madre supiera...

—Genial —dijo—. Entra y te los enseño.

La puerta se abrió. Cuando Corinne vio a Max de pie en la habitación, casi se desmaya de la impresión.

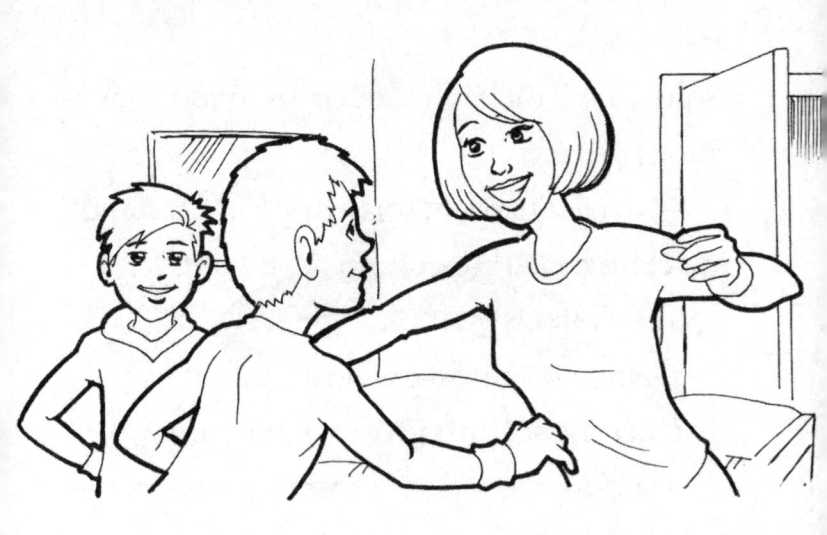

–¡Max! –exclamó, y corrió hacia él para abrazarle con fuerza–. ¿Qué estás haciendo aquí? ¡Deberías estar en Suiza!

Max sacó una nota del bolsillo del pantalón vaquero y se la dio a su madre.

–Es para ti –dijo. Le guiñó un ojo a Jack.

Corinne leyó por encima la nota.

–Es de parte de tu tutor –dijo–. Pone que tu colegio tuvo que cerrar por problemas de dinero. Va a organizar todo para que puedas volver a nuestro colegio local. Bueno, ¿por qué no me lo dijo antes? ¡Es peligroso mandar solo a un muchacho joven en avión! –añadió enfadada.

–No pasa nada, mamá –dijo Max, tratando de calmarla–. Fui con un acompañante. Estaba en buenas manos.

De nuevo, guiñó un ojo a Jack.

Corinne suspiró profundamente.

–Supongo que lo más importante es que estás bien.

Recorrió la habitación de Jack con la mirada.

–¿Dónde está tu equipaje? –inquirió.

–En mi cuarto –dijo Max.

Jack sabía que no era cierto, pero Max lo había dicho con tanto convencimiento que su madre no tuvo más remedio que creerle.

–¡Y mañana cumples doce años! –exclamó Corinne–. ¡Qué coincidencia más estupenda! ¡Vuestro padre no podrá creer que estés aquí!

Con toda la aventura, a Jack se le había olvidado el cumpleaños de su hermano. Su madre tenía razón: era una coincidencia estupenda.

Corinne salió corriendo de la habitación.

—¡John! —llamó mientras bajaba a toda prisa la escalera—. ¿A que no sabes quién está en casa?

Max se volvió hacia su hermano.

—Gracias de nuevo —dijo—. Por todo.

Jack le sonrió.

—Voy a mi cuarto —dijo Max—. Espero que mamá no lo haya pintado de rosa.

Salió y cerró la puerta.

16
La decisión

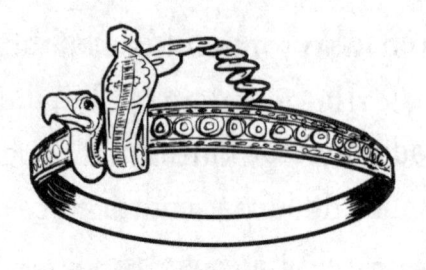

Jack se quedó quieto un momento para pensar y reflexionar sobre todo lo que había pasado. Después de todo este tiempo, la misión para encontrar a su hermano por fin había terminado. Y estaba muy cansado. Durante los últimos meses, el chico había llevado su cuerpo al límite. Había estado a punto de ser devorado por un dinosaurio, picado por una medusa mortal y comido por un oso polar, ¡y un ilusionista casi le corta la cabeza!

Fue hacia su ordenador y se metió en la página web protegida de la FPG. Rápidamente, redactó el siguiente e-mail:

Estimado director Barter:
Después de luchar contra trece
criminales (y un dinosaurio),
he decidido abandonar la FPG.
Quiero ser un niño normal.
Quiero pasar tiempo con mis amigos
y leer un libro sin tener que salir
corriendo a una misión casi todas
las noches. Si me necesita,
ya sabe dónde encontrarme.
Un cordial saludo,
Agente Secreto Valiente

Jack movió el ratón para pulsar el botón de ENVIAR. Pero algo le frenó.

¿Cómo se le había ocurrido algo así? No tenía que abandonar la FPG. Al fin y al cabo, le encantaba ser un agente secreto. Y, puesto que Max y Kate eran agentes secretos, seguramente podrían encargarse de más misiones los tres juntos. Tal vez podría simplemente tomarse un respiro.

Entonces añadió «durante unos meses» después de la parte en la que ponía que quería abandonar la FPG y pulsó el botón de ENVIAR.

Se puso el pijama, se acurrucó en la cama bajo la manta y miró al techo, a las estrellas que brillaban en la oscuridad: las que su padre había comprado para él y para su hermano, Max.

–¡Buenas noches, Max! –exclamó con alegría.

De la habitación de al lado llegó una voz.

–¡Buenas noches, Jack! –respondió Max.

Jack sonrió. Pensó que era lo mejor que había oído en muchos meses, cerró los ojos y dejó que le venciera un profundo y plácido sueño.

Si te ha gustado este libro, visita

LITERATURA**SM**•COM

Allí encontrarás:

- Un montón de libros.
- Juegos, descargables y vídeos.
- Concursos, sorteos y propuestas de eventos.

¡Y mucho más!

Para padres y profesores

- Noticias de actualidad, redes sociales y suscripción al boletín.
- Propuestas de animación a la lectura.
- Fichas de recursos didácticos y actividades.